詩集
サラフィータ

前野りりえ
RIRIE MAENO

サラフィータ　目次

I章　サラフィータ

Ⅱ章　エニウェア

装幀・ブックデザイン

nobiru design

Ⅰ章　サラフィータ

一月のサラフィータ

キュクッ　キュクッ
白い息を吐きながら
白い雪を踏みしめる

キュクッ　キュクッ
赤いマントにも雪が積もり
白いマントに変わってゆく

サラフィータに
冬の間だけ現れる氷の駅がある

氷が張った池のそばの東屋にたどりつき
つららのペンで雪の上に
記憶の底に沈んだ駅の絵を描く
描いていくそばから
雪がかき消していく

かつて一度だけ見たことがある氷の駅は
どこにあったのだろう

森の奥の紅い山茶花の花びらの絨毯の向こうだろうか
目印は道端に並んで光る氷の石
けれど氷の石は見つからない
キユクッ　キユクッ
キユクッ　キユクッ

凍てつく寒さで足が動かなくなる
冷たくなった耳たぶが痛い

次第に 吹雪く森の中でさまよい疲れ
からだは氷のように透き通っていく

キュクッ　キュクッ
だんだん眠くなる

氷の列車は午前零時に発車する
夜空に向かって氷の線路が敷かれるはず

夢の中なのか
いつしか氷の列車に乗り込んでいた

列車は氷が張った池を越え
氷の枝ばかりになったメタセコイアを越え
凍りついた滝の上をかすめて
銀色の夜空を飛んでいく

気がつけば
暖炉の火が燃える家の中
曇った窓を手のひらで拭くと
さっきまで乗っていたはずの氷の列車が
夜空を走っていくのが見えた気がした

かすかな汽笛の音が
しんしんと降り続ける雪のかなたから聞こえる

二月のサラフィータ

キーンと冷たい大気の中を
囁くように漂ってくる香り

気づけば　そこに梅の花
硬い樹皮から突き出た枝に
凛として咲く白い梅　紅い梅

二月
わたしは梅追い人になる

あの道の梅林も
あの山辺の梅林も
花を追うために分け入ってゆく

人のいない梅林で
白い梅　紅い梅の間に埋もれて
見惚(みと)れていると
だんだん奥へ　奥へと　迷い込む

そうして　見つけた
倒れて眠る人魚を
この香りは人魚の香り？
死んでいるの？
眠っているの？

透きとおった白い肌の人魚が
眠っている

散り敷いた白い花びらの上で
波打つ漆黒の髪
青い雲母のような鱗に覆われたからだには
水晶のカケラのような水滴がついている
その身には三連の真珠の首飾りをつけているだけ
胸に耳を近づけて
息をしているか確かめる

そのとき　一陣の風が吹き
梅の花びらをいっせいに散らした
まぶたに舞い降りた花びらに

視界を塞がれているうちに
人魚は消えていて
そこには積もった花びらが残るだけ

花びらを掻き分けると
真珠が一つ転がっていた

白い梅　紅い梅の樹々を抜けて
人魚を探していると
樹間を真っ白な朱雀（すざく）が飛んで行く
長い尾を揺らして
キーン　キーンという鳴き声を
梅林に冴させて

風が渡り
ピンクの絨毯に風道（かざみち）が残る
それは四人の王子たちのための道

遙か昔
四人の王子たちは
里人を守るために
山の東西南北に住み
頂きから海の彼方を見つめていた
その凛々（りり）しい瞳に花々は恋をした

今は花守（はなもり）となった王子たちは
一年に一度目覚め

花を咲かせると
山奥に流れる小川に
花筏(はないかだ)を浮かべて
桜吹雪の中に消えていく

眠れ
凛々しい王子たち
次に花咲く日まで

眠れ
凛々しい王子たち

四月のサラフィータ

サラフィータの
風が吹く丘に立つと
緑の精霊たちが
口の中に飛び込んでくる
からだの中の水脈を
緑の精霊たちが駆け巡る
エメラルドに変色した瞳は

風の中に
見えないものを見る

西の空を向くと
萌える緑の台地を
白い虎が駆けていく

東の空を向くと
蒼い龍が
光る川面の上を舞っている

北の空を向くと
足の長い亀が蛇と絡み合いながら
優雅に回転している

南の空を向くと
長い尾を靡(なび)かせて
朱い鳥が飛んでいく

サラフィータ
風の中に
樹々の間に
あなたを感じる

やがてあなたの姿が見えてくる
緑の髪が風に揺れる
あなたを深く知り
あなたと交感する

サラフィータ
あなたと風に乗り
千年の時を超えて生きてきた大樹を目指し
折り重なる巨石を　隧道をくぐり抜ける

胸の扉が開いていく
緑の心音があたりに響き
花々が小さな音を立てて
次々に開花する

永遠の時の流れの中で
再生を繰り返すサラフィータ
その緑の吐息を
野に山に
一瞬の時を生きるわたしに吹きかける

五月のサラフィータ

空が青から藍に変わるころ
森の中の小径を進み
小川へ行こう

やわらかな土と草の上を
立ち木の幹につかまって
落ちた枯れ枝を踏み
静かに　そっと　足音を忍ばせて進む

小川に架かる蛍観橋（ほたるみばし）に腰掛けて
光を待とう
あたりは次第に暮れてゆき
聞こえるのは
キュラ　キュラ　キュプ　キュプ
流れる水の音ばかり
キュラ　キュラ　キュプ　キュプ

あ
耳のうしろからつぅーっと
音もなくふわりと飛んでくるほのかな光
光は　　　　みぎから
　まえから
　　　　　　ひだりから

うえから
　　うしろから
　　　　したから
同じように　またたきながら飛んでくる

森の樹々を背景に
いっせいに　光っては　消え
消えては　光り
光っては　消える

その緑の軌跡は
あまりに幽（かそけ）く　優しい
羽の生えた森の小人たちが
手に手に光を持って浮かんでいるよう

手を伸ばしていると
つぅーっと飛んできて
手のひらにとまる光

光は次第に増えていき
限りあるいのちをつなぐために
めぐり逢おうと

光る

光る

光る

無数の光の中に吸いこまれ
光の内側で
幽く　優しい夢を見る

六月のサラフィータ

灰色の空に
しきりに細い線をデッサンする雨
大気の皮膚は湿り
紫陽花の青い色が滲んでいく
屋根を叩く雨粒の音は
小人たちが打つ小さな太鼓の音

やがて雨の音楽は
クレッシェンドして
部屋の中にいても
水の中にいるようで
耳の後ろに鰓(えら)が生えてくる
でも　いったいどうやって
鰓呼吸すればいいのだろう

デッサンを続ける腕も
太鼓を叩く腕も
やがて疲れを知る時が来る

窓を開けると
空は灰色から白に変わっている

誰の溜め息か
薄絹のような霧が
山の襞に沿って棚引いている

やんだと思っていたら
また降り出す雨

手のひらで受け取った雨は
手のひらから溢れ
石畳の小径に流れ落ち
小川に注ぎ込む
流れる水の音に
耳のうしろの鰓がぴくぴくする

山の襞の溜め息に
わたしの溜め息も溶け込んでいく
深い緑に棚引く
白い溜め息

この町に　この山に
雨が降るたび
繰り返し棚引いてきた
薄絹のような霧

その溜め息が
古（いにしえ）の時代を呼び起こす

七月のサラフィータ

七月七日
密かに山に登り
天上を見上げる
天を流れる川の音を聞くために

夜空を
白鳥と鷲が反対方向に飛んでいく
南にいる蠍に気をつけて

亡くなった人は星になるという
それなら夜空は
星の墓標で埋め尽くされている
天を流れる川の音が聞こえる

シャリ　シャラ　シャラ
シャリ　シャラ　シャラ

天の川には銀の砂が流れている

今晩だけ
機織りの娘と
牛飼いの青年は会えるという

娘は来る日も来る日も機織り仕事
やっと牛飼いの青年と結ばれたけれど
それもつかの間
放り出していた仕事に戻るよう
仲を裂かれた

けれど　二人はその桎梏（しっこく）から逃れ
天の船を作り
天の川を航海する旅に出た

シャリ　シャラ　シャラ
シャリ　シャラ　シャラ

今晩は天を流れる川が近い
山の岩の上に横たわって星を見ていると
天から銀の砂が降ってくる
天の川に吸い込まれていくのか
わたしの瞳が
天の川を吸い込んでいくのかわからない
墓標の中を航海していく二人の船が
夜をたゆたう

シャリ　シャラ　シャラ
シャリ　シャラ　シャラ

八月のサラフィータ

赤煉瓦の塀の上で揺れる白い百日紅
白塗りの塀の上で揺れる赤い百日紅
うねるような糸杉は深い緑

ひたいに滲み出る汗をそのままに
こめかみを伝う汗をそのままに
赤いカンナが咲く道を
蟬時雨に打たれながら歩いていく

眩暈がしそうな真夏の真昼どき
目が眩む光を逃れ
やっとたどり着いた森の奥では
黄色い蝶がひらひらと乱れ飛ぶ

大樹の木陰で冷たい水を喉に流し
上を見上げれば
緑が織り成す天幕が空を覆う

うすい緑
濃い緑
いく通りもの緑が重なり合う天幕の下で
一枚の葉に
小さな枝のペンで手紙を書く

葉の上に書いた手紙は
受取人のない手紙

緑の光線の下で
ゆらめく言葉は青い蝶になって羽ばたき出す
書き綴るほどに青い蝶が生まれていく
ひらひらと黄色い蝶と戯れたり
地面にとまったり
あちらこちらを飛び回る

いったい何匹の青い蝶が生まれたのか
あたりは青い蝶の群れに覆いつくされ
わたしは青い蝶の帳(とばり)に埋もれる

いつしか
青い蝶の群れは姿を消し
わたしは天井の緑の天幕を眺めている

けれど　帰り道
ひたいに滲み出る汗と
こめかみを伝う汗が
うっすら青味を帯びている

九月のサラフィータ

今日は年に一度の灯りの祭り

黄昏どき
サラフィータを目指して
人々が集まってくる
街の入り口の土塁に沿って灯籠が並び
揺らぐ蝋燭の炎が人々を迎え入れる

灯籠は光の道となって続いている

紫色に変わっていく道を
人々が手に持つ灯りの筋が流れていく

街の中央に残された広い野原も
今宵だけは祭りの舞台
正面の石段を上がっていくと
描かれたいくつもの円形の砂紋の上で
灯りを抱いた紙の蓮の花が揺れている

中央に星を撒いたように散らばるのは
銀河に見立てた無数の星型の灯籠たち

夜空に漆黒の帳が下りるころ
野原は天上を映した鏡のよう

訪れた人々がそうっと置く小さな灯籠で
膨張していく銀河

千年もの昔　野原の奥には
正殿がそびえていた

今　そこに
見上げるばかりの巨大な光の柱が蘇る
内側から発光する神秘の柱たち
かつて　正殿の前では外国からの使節を迎え
仮面の舞踏が演じられたという

今　一羽の鳥になって夜空を飛ぶ
眼下に広がる銀河と

光の柱と光の蓮の中で
千年前の正殿と仮面の舞踏が
陽炎のように揺れている

絹の衣をまとった人々の
憂いも　ときめきも
祭りの灯りが消えるとともに
闇に吸い込まれていく

翌朝
野原には
何事もなかったかのように
礎石だけが並んでいた

十月のサラフィータ

気がつくと
白とピンクとローズの湖のような
秋桜(コスモス)が咲き乱れる岸辺にいた

木の下のベンチに腰掛けて
風にそよぐ秋桜の波を見ていると
肩に　と　とん　と
木の実が落ちてくる
また　ととん

と と ん

木の実を鳥が啄みに来る
木の実を食べた鳥は
高い空へと舞い上がる

細すぎる首を揺らして
秋桜が鳥を見上げる
そして秋桜は湖から流れる川になって
鳥を追いかける

丘を越え
土塁を越え
海へと流れていく

鈍色(にびいろ)の海が
白とピンクとローズに変わっていく

白とピンクとローズの帯は
大陸の河を遡る
長壁を越え
砂漠を越え
諍(いさか)いの地を越え
もっと　もっと
彼方へ
そして　再び海へ

いつしか秋桜は地球を覆い尽くす
宇宙(コスモス)から見ると

地球は今
白とピンクとローズの惑星

手のひらに載せて見ていると
ぬくもりが伝わってくる
けれど　惑星は
次第に　透明になって
消えていく

気がつくと
サラフィータの
白とピンクとローズの湖のような
秋桜が咲き乱れる岸辺にいる

十一月のサラフィータ

空には
羽毛のような雲
手を伸ばして
ちぎって
ふうっと吹く

見上げるばかりの銀杏の大樹を
覆い尽くす黄金(こがね)色の葉は
小人たちの扇

風が吹くと黄金色の扇は
とぅら　とぅら
とぅら　とぅら　と
舞い落ちている

黄金色が散り敷いた坂道の突き当りに
赤い蔦で覆われた廃墟がある

舗装されていない小径を
廃墟に近づいていくと
黄金色の葉が降りかかる

住む人はいないはずなのに
優しく囁くピアノの音色が聞こえてくる

とぅら　とぅら
とぅら　とぅら

黄金色の扇が
その調べに合わせて揺れる

廃墟の窓から
黄金色の葉をまとった館の主が見ている
青い扉が開いて
中へ招き入れられる

館の主が
わたしの耳に息を吹きかけると
耳の奥に

黄金色のトパーズの結晶が生まれた

耳の奥で
とぅら　とぅら
とぅら　とぅら　と
トパーズが奏でる音を聴きながら
黄金色に染まる
サラフィータの夕暮れを歩く

十二月のサラフィータ

落葉した森の樹間に
大きな水晶が浮いている
裸の枝に赤いマントを引っ掛けながら
水晶を追いかける

やがて天から降ってきたのは
霰(あられ)のような硝子玉
どこかにぶつかって弾けると
かけらになって頬を傷つける

降りしきる硝子玉
聞こえてくる硝子玉たちの瑠璃色の声
リルル　リルル
降り積もる硝子玉

森のカフェに立ち寄り
発泡酒を注文する
次々と下から湧いてくる
微細な泡もまた硝子玉
ルリリリ　ルリリリ
喉を落ちていく硝子玉

からだの中は
硝子玉でいっぱいになるけれど

重さのない硝子玉は
わたしのからだを浮き上がらせる
硝子玉で満ちたからだは
透明になって
サラフィータを漂い始める

硝子玉になって飛ぶ
サラフィータを飛ぶ

降りしきる雪の中を
降り積もる雪の中を
落葉した森の樹間を
水晶を追いかけて

リルル　リルル
リルル　リルル
リルル　リルル

Ⅱ章　エニウェア

カフカの手帖

高い天井の上で
シーリングファンがくるくる回っている
焦げ茶色の木の床がつやつやと光るカフェに
人は多くても
聴覚を失ったわたしの耳に
ざわめきは届かない

すべて　深い海の底の情景を見ているよう

聴覚ばかりか
味覚までが失われつつあるようで
野菜カリーに浸して食べる黒パンも味気ない

今朝
郵便受けに一冊の手帖が届いていた
手漉きの表紙に木版で刷られていたのは
カフカの肖像
何も書かれていないまっさらの手帖なのに
わたしの耳は
そこから
潮騒のように響く音を受け取る

最近　わたしの耳は
外の音が聴こえなくなった替わりに
からだの内側の音が聴こえるようになった

今
わたしのからだの中を駆けていく
フランツの足音が聴こえる

あとを追うと
ふざけるように肋骨のカーブのところで隠れんぼして
わたしを困らせる

お願いだから
城には逃げ込まないで

行けども　行けども
城には行き着けないのだから

ふと　我に返ると
ギャルソンが口をあぷあぷさせている
どうやら
「水のお替わりいりますか」と尋ねているようだ

わたしは答えるのに躊躇する
耳が聴こえなくなって以来
どのくらいの声量で発声すればいいのか
調節できないからだ
仕方がないので目配せで合図を送る

目を落として
カフカの手帖をめくると
そこには　まっさらの紙

でも　かすかに
かすかに
何かの痕跡が残っている気がして
窓の外の太陽の光に透かしてみる

やっぱり
いるじゃないの
フランツ

ルウルウ

ルウルウ
声がかすれている
辿り着けない町
ルルレア

どこに　その町はあるの？
寝ても覚めても
ルルレアの町の姿がまぶたに浮かんで

呪文のように繰り返し現れる

紹介状も持たず
大聖堂のそばの出版社を訪ねた

「ルルキス？
そんな町　聞いたことがありません
ほら　うちの地図にだって載っていないでしょう」

編集長はからだにぴったりした
濃紺のビロードの上着を身に着け
袖口からこぼれた繊細なレースで半ば覆われた指で
パラパラと地図のページをめくった

そうして　ほらね　というように
鼻の下の美しくカットした髭と唇の端を少し吊り上げた
だって　わたしの網膜上に
ルルリスは確かに存在している

どんよりとして
晴れた空を一度として見たことのない
ルルリス

南北わずか１キロの城壁に囲まれた町
わたしは　その町で生まれた
そして二十歳になるまで　そこで暮らした

ルルリスからは世界が見えていた
社会学者が　哲学者が　建築家が　画家が
街角で語り合っていた

ルルフェスに雪が積もった

広場に面した石のバルコニーから
荷車に乗せられたルルカの遺骸を見た
ルルカの葬列のために
街中の石畳に白椿の花が敷き詰められた
白に染まったルルフェス

石の廻廊を走って
走って

あまりに走ったから
わたしはルルキアを失ったのだろうか

目にやわらかな町の色
風は薄い被膜を伴って
北の山脈から吹き下ろしていた

わたしの名前はルウルウ

声がかすれて
いつまでも潤わない

キスカとキスカ

冷蔵庫の中から
リモーリの海の音が聞こえる

キスカ
海辺の町リモーリの詩人
すみれの咲きそろう庭の東屋で
あなたは　本を読んでいた

雨が霧に変わり
わたしは
あなたと同じ庭にいることの不思議を思っていた

わたしはあなたより
ずっとのちの世の人間のはずだった

目を上げて
霧を見つめるあなたに
どうして　声をかけなかったのか

霧は再び雨に変わり
すみれ色の空間は

りらりらと　湾曲し
雨の中に　あなたは消えていった

✦　✦　✦

電車の中でだけ会う人だった
いつも静かに本を読んでいた

あなたの友人が
あなたに声をかけた朝があって
あなたがキスカの詩の翻訳者であることを知った

いつか　あなたと関わるときが来ると
予感していたのに

あなたが急逝したことを知った

本に落とした視線が
上向いたその瞬間
あなたの瞳を捉えた朝を思い出す

来須加（キスカ）
あなたの友人は　あなたをそう呼んだ

パソコンの画面にメッセージが届く
「冷蔵庫にリモーリの海を送りました　キスカとキスカ」

画面に現れたその文字に
指で触れた
冷蔵庫の扉を開けると
リモーリの海を詰めたガラス瓶が
ミネラルウォーターの隣にあった

漂う潮の香り

ガラス瓶の中で
静かにリモーリの海が波打っていた

蔓草

その巨大な岩山は
光線によって刻々と色を変えた
朝にはブルー　夕暮れにはグレー

低く垂れ込めた雲のために
岩山の頂きは隠れていることが多かった

見上げているうちに
切り立った岩山の頂きに

一軒の白い家が建っているのを見つけた
どこをどう行けば　その家にたどり着けるのか
岩山の麓をさまよってみたものの
まったくわからなかった

人に尋ねると
そんな家があるはずはないと言う
だが　岩山の上には
確かに人の気配がする

その人は
階段に座って空を見ていたり
庭の木の実を摘んだりしている

誰かが　いる
きっと　いる

岩山を思うと
なぜだろう
感情が点滅した

麓の暮らしでは寝つけない夜が続いた
そんなときは
自分の顔を鼻の線で二つに割るのだ
すると　中から新しい顔が現れる
そうやって　次の朝を迎える
だが　今では
新しい顔が　すでに疲弊している

そのうえ　このところ
岩山の遙か向こうに見えていた
青い海が　ときどき赤く見える
その頻度が日増しに多くなっている

わたしは岩山の麓に蔓草を植えることにした
蔓草を育て
いつか　それを伝って岩山を登るのだ

蔓草が枯れないよう
わたしは水をやる
岩山を見上げ
水をやる

刹那の島

まばゆい太陽が
静かな海に恋をして
落とした涙
それが島を囲むエメラルドの海になった

そのあと巨人が生まれ
槍投げ好きの彼らは
赤い大地に緑したたる槍を突き刺した
それが二億年の時を超えて生きる南洋杉

まぶたを突き刺す光の中を
無数の青い蝶が横切ってゆく
雪のように落ちてくる青い鱗粉

これは夢なの？
夢ではないの？

珊瑚のかけらでできた砂浜に身を横たえれば
塩辛い海の中に溶けていくからだ

誘われて入り込んだ森の奥深く
大樹に絡みつく　海の色と同じ色をした
ヒスイカズラを見つけた

その妖しいばかりの翡翠色
胸の中で増殖していくヒスイカズラ
とても苦しいのに
その美しさにはあらがえない

飛べない鳥が近づいてくる森の中で
わたしは迷子なの？
迷子ではないの？

力尽きるまで飛ぶ青い蝶のように
一度きりのいのちを飛ぶことに捧げる
届けられる手紙は
太陽の光で燃えつきるから

何が書いてあったのかわからない

夜は宇宙を見上げれば
雨のように星が降ってきて
星の光が肌に当たって痛い
忘れ去られていることも忘れて
星の雨に身を浸す

五感で生きるこの島で
刹那を生きる切なさが
寄せては返す波のように身を浸す
まばゆい太陽と
静かな海の恋が実るとき

再び巨人が現れ
祝福して赤い大地の上で踊るだろう
かつて巨人が炎で刻みつけた記憶が
海の底から立ち上がってくるだろう

海月文字

地下の奥深く
ずっと　ずっと　深いところを流れる
水の音が聞こえる
地下の川には
一枚の紙が流れている
紙の上には赤い文字

その文字は象形文字のようにも見え
傘を広げた海月（クラゲ）のような形が綴られている
水の音に混ざり
かすかな囁きが聞こえる

街に　赤い雪が降った

地下の水脈を感じるとき
流れるその紙を　拾い上げなければと思う

夥しい星が降ってきて
小さな舟に乗って逃げたけれど
星に打たれて死んでしまった

遙か　昔
それとも
遙か　未来からの声なのだろうか

透けるような薄い紙に
海月文字を書き記した人がいた

その言語はわからない
その文字もわからない
けれど　その思念は流れてくる

赤い瞳に魅入られてはだめだ
赤い星の水を売りにきた者に油断するな

思念が届くと
どくんと　心臓が脈打つ
どくん
ど　ど　ど　ど　どくん

地上でわたしは立ち止まる
線路脇を歩くとき
広場の階段を駆け上がるとき
ど　ど　ど　ど　どくん
胸を押さえて　立ち尽くす

目の前が赤くなって
あの海月文字が空一面に広がる

どくん　どくん
ど　ど　ど　ど　どくん

足元が揺らいで
アスファルトがひび割れていく

一瞬　街に赤い雪が降ってきたような気がして
空を見つめる
だが　いつもの白い雲があるだけだ

水男

建物と空の境界がわからなくなってしまうころ
水男(ミズオ)と出会った

小麦色のすべらかな肌
水の香りの匂い立つ男

彼は一万八千年前に遠い海に沈んだ
古代都市に生きた人々の末裔

25年前　母親の海難事故のため
水男は海で生まれた

死んだ母親にしがみついて
海の中で泣いていた赤ん坊

沈んでいく海の底で
彼は太古の遺跡を見た

それが　この世界で初めて
彼が目にしたもの

ゆりかごは　海
波に優しく揺られて

水男はただ一人
海面に浮かび上がってきた
そして　初めて肺呼吸をした

水男は　目を閉じたとき
眠ったとき
あの古代都市の夢を見る

母親が飲まれていった
六角柱のそびえる神殿
水男は古代の記憶をたぐり寄せる

夕暮れ
水男の輪郭は

水で縁取られたかのように輝く
ヒステリックなこの世界が
うるおってくる

わたしを抱きしめる水男の
小さな水掻きのついた長い指
漂う海の香りに
わたしは　まどろむ

土星の輪が燃えている

そもそも　刺草（イラクサ）の靴では歩けない
でも　この地に生えているのは刺草ばかり

そのうえ　わたしたちが住みついているのは
永遠に完成しない土星観測天文台だ

これから終わりのない冬が始まるのに
ベアトリーチェはいつも階段に座って
あらぬ方を見つめている

建物のすべての窓には硝子がない
そんな大事なことにもベアトリーチェは無関心だ
わたしはウールのセーターを探してさまよっているが
クローゼットには刺草で編んだものしか掛かっていない
石工のジョバンニは中庭で巨大な球体を磨いている
建物のどこにそれを置くのかと尋ねると
「門のあいだに」と言う
そんなものを置いたら
門は完全に塞がってしまうだろう
退屈をもてあますわたしに
フィリッポは本をくれた

けれど　その本ときたら
表面に微細な硝子片を埋め込んだ「傷つく本」なのだ
それでも　わたしは「傷つく本」に手を伸ばす

キアラは銀のお皿を持って空を見上げている
星のしずくを受け止めるつもりだ
星のしずくを飲めたとき
心臓のそばに巣くう
刺草の成長をとめることができると信じている

でも　今は真昼だし
空には渦巻く雲があるばかり

からだ中に刺草を巻きつけているのはルキノだ

わたしはずっとそう思っていたが
それは間違っていた
刺草は彼のからだから生えているのだ

肌が角質化すると危ないらしい
カサついた細胞に変化が起こり
わたしたちは刺草に近づいてゆく

ラウラは自らが燃える日を夢見ている
わたしはラウラの目の中で
土星の輪が燃えているのに気づく
土星の輪に火をつけたのはだれ？

わたしは見る
ベアトリーチェの　ジョバンニの
フィリッポの　キアラの　ルキノの目の中に
燃える土星の輪を

目の中に熱さを感じたわたしは
青銅の鏡に映る
自分の目を見つめる

ポリーとティーニー

次の日の朝
太陽の左側には
もう一つの太陽が出ていた
わたしは移動中だったけれど
空を見つめないわけにはいかなかった
ポリーもいっしょにいた
彼女の右の目はブルーで

左の目はブラウンだ
ティーニーもいっしょにいた
彼女の右の目はブラウンで
左の目はブルーだ

廃墟のレストランしか見当たらない路上で
わたしはこれから行こうとする場所へ
本当に行きたいのか
行きたくないのか
わからなくなっていた

ポリーとティーニーは
暑さでまいっている

二つの太陽のせいで
紫外線も二倍になっているのだ
とにかく　移動しなければ

焼けつくカーシートに双子を乗せ
エンジンをかける
と同時に
ポリーとティーニーが何か喋った
エンジン音に掻き消されて聞き取れなかったが
7歳にして初めて何かを口にしたのだ

「えっ？
もう一度！　もう一度言って！
なんて言ったの?!」

でも　それっきり
二人はまた口を閉ざしてしまった

路上を合成樹脂の仮面をつけた男が歩いている
数日ぶりに見かけた人だ
車をとめて道を尋ねようとしたら
驚いたことに仮面ではなくて素顔だった
硬直した顔から察して
返事を望めそうにもないので
車を発進する

ポリーとティーニーは
後部座席から男に手を振り続けている

次の日も移動中である
ポリーとティーニーは
紙袋の湿気ったポップコーンを食べている
わたしの口の中にも
時折放り込んでくれる

次の日の朝
太陽の右側には
三つ目の太陽が出ていた

アンドロイドを捨てる日

都市の金属音で目覚める朝
傍らで眠ったアンドロイドの恋人の胸の上を
熱と匂いのない汗が流れていく

コートを羽織ると
螺旋状の非常階段を降り
鉄製の樹木の並木道を駆け抜けて
落ち葉も紙屑もない
タイルで完璧に舗装された道を

ドームの内側の調整された
風と酸素と光を仰いで
都市機能管理センターに急ぐ

機械との乾燥したやり取りは毎日7時間
声帯と唇と舌で発声することよりも
指先で機械のキーを叩くほうがずっと得手

夕暮れの街に掃き出されたら
シングルレストランの一人掛けのテーブルで
食事をすませる

16歳の誕生日に都市から支給された
独身者用のアンドロイド

彼にはエネルギーの錠剤をもう買って帰らない

深夜　集合住宅のゴミ収集場で
わたしと同じ時刻
アンドロイドを処理しに来た男と出くわす

性別の異なる二体のアンドロイドの捨てられる
冷たく響く金属音

わたしは頬の筋肉を苦労のあげく動かして
男に発声する
応答する肉声に
体温が少し上昇する

上昇する

A27号

胸のあたりに耳を近づけて
でも　驚かないで
鼓動が聞こえなくても

生まれたときの記憶を鮮明に覚えている
細い鉄線で造られた家
総ガラスの天井から
赤い空が見えていた
生まれたときから大人だった

皮膚はガラス質
でも　驚かないで
血管が透けて見えたりしないから

最近　声の調子が悪くて
発声しても超音波しか出ない
一生懸命話しかけているけど
あなたには聞き取れない
わたしの声に気づいたA28号が
冷ややかな目をして見ている
彼女の薔薇色の頬は大理石

移りゆく雲が美しいと思う
夕暮れの雲をただじっと見て

ガラスの瞳を茜色に染めてみたい

ドームの外には草木の繁る草原がある
一度でいい
摘み取った草で
うっかり指を切ってみたい

夜風に吹かれ
熱いコーヒーを喉に流して
からだを温めたい

あなたは望遠鏡を使わなければ見えないけれど
わたしは裸眼で
土星の輪を鮮明に捉えることができる

そこに　あなたは行けなくても
わたしは行くことができる
でも　土星の輪を越えて旅したって
わたしには何の意味もない

ベッドで眠るあなたのからだ
けっして　わたしが温められないからだ

第一　わたしは眠りを必要としない
死んだように眠ってみたい
むさぼるように眠ってみたい
わたしは銀河の渦を見ながら
死んだあとの夢を見る

黒く湿った土になりたい
美しい天体の土になりたい
朽ちてなくなるものに
わたしもなりたい

二人のピアニスト

今朝　新聞で彼が亡くなったことを知った
空を見上げると
うすく剝(は)いだ綿のような雲が流れていた

彼はミモザの花が咲く石造りの町に住んでいた
すれ違うとき
からだを傾けないと通れないような小径では

壁にからだを預けて
人が通り過ぎるのを待った
いつも袖口がほころびかけたセーターを着ていた

夕暮れ
明かりの灯るレストランで
人々は贅沢な食事を楽しんでいたけれど
彼は狭い部屋に戻り
オニオンだけが入ったスープをすすった

ときおり
赤いベレー帽の女の子が
彼の部屋の窓の下の壁にもたれて
彼がピアノを弾くのを待っていた

彼はピアニストで作曲家
樹々の葉ずれのような
さり気なく　淡々とした音を紡ぎ出した

女の子は　家を空けることが多い両親を待ちかねて
ついには　待たないことにして
窓の下を自分の居場所にした

やがて
女の子は両親に連れられ汽車に乗って町を出た

大人になったとき
わたしは彼と同じピアニストになっていた
そして　彼の作曲した曲を演奏して各地を回っている

世界中にいろんな人がいても
この人と思える人とは巡り会えない
わたしにとってのこの人は
彼だったのだと　今でも思う
13歳の子どもだったのに
わたしにはわかっていた

汽車に乗るとき
悲しさで胸が塞がれ
それから　何か月も口がきけなかった

両親はわたしに何が起こったのか理解できなかったが
わたしは秘密を打ち明けないほどには大人だった

すれ違うとき
からだを傾けないと通れないような小径では
わたしは壁にからだを預けて
人が通り過ぎるのを待つ
セーターは袖口がほころびていても気にならないし
オニオンスープには目がない

夕暮れ
窓から風が吹いてくる
ピアノの上の彼の写真にミモザの花を手向(たむ)ける

彼の部屋の窓の下にいたとき
わたしは心臓の近くに
ミモザの花があふれるように咲くのを感じていた
今
わたしはピアノを弾くと
指先から
ミモザの花を咲かせることができる

あとがき

「サラフィータ」はわたしの造語で太宰府のアナグラムのようなものです。わたしは太宰府に住み、この町を散策する中で、古より続く歴史はもちろんのこと、風や香りや花々に魅かれ、愛してきました。季節の移ろいを感じながら一月から十二月まで書いたものが第一章の「サラフィータ」のシリーズです。

太宰府をよくご存知の方であれば、ここはあの史跡、あのお寺、あの神社、あの原っぱをイメージしたものと想像できるかもしれません。けれども太宰府という町をベースにして構築しながら、サラフィータの世界はそこに留まらず外への扉を開いています。

第二章の「エニウェア」はサラフィータのシリーズを手掛ける以前の詩をピックアップし、手直ししてまとめました。
この詩集の詩は現在所属する詩誌『GAGA』のほか、『d-ART』、『九』、『RENTAL VOICES』に掲載されたものです。周りに励ましてくださった恩師や詩友たちがいたからこそ、詩を書き続けられてこられました。あたたかなまなざしで、この詩集のエスプリを刻印したかのような帯文を書いてくださった詩人岡田哲也氏に感謝します。装幀はサラフィータの世界の心強い理解者であるノビルデザインさんにお願いしました。

この世界のどこかにいる方に、この詩集の言葉が届くことを願って。

二〇二三年五月

前野りりえ

■著者プロフィール

前野りりえ

フリーライター・日本語教師　　太宰府市在住
詩誌『GAGA』代表
福岡県詩人会会員
2014年『ニューカレドニア　美しきラグーンと優しき人々』（書肆侃侃房）
2015年『麗し太宰府』（書肆侃侃房）
2018年　第48回福岡市文学賞詩部門受賞
2021年　絵本『南の館の物語』（梓書院）

詩集　サラフィータ

二〇二三年五月六日　第一刷発行

著　者　前野りりえ
発行者　田島安江
発行所　株式会社　書肆侃侃房（しょしかんかんぼう）
〒八一〇-〇〇四一　福岡市中央区大名二-八-十八-五〇一
TEL〇九二-七三五-二八〇二　FAX〇九二-七三五-二七九二
http://www.kankanbou.com　info@kankanbou.com

装　幀　安本一孔（株式会社ノビルデザイン）
DTP　安本多美子（株式会社ノビルデザイン）
印刷・製本　モリモト印刷株式会社

ISBN978-4-86385-567-0 C0092